KB046853

누런 벽지 The Yellow Wallpaper

샬롯 퍼킨스 길먼 지음, 김경숙 옮김

Charlotte Perkins Gilman

시커뮤니케이션

누런 벽지 The Yellow Wallpaper

샬롯 퍼킨스 길먼 지음, 김경숙 옮김

Charlotte Perkins Gilman

시커뮤니케이션

The Yellow Wallpaper

It is very seldom that mere ordinary people like John and myself secure ancestral halls for the summer.

A colonial mansion, a hereditary estate, I would say a haunted house, and reach the height of romantic felicity—but that would be asking too much of fate!

누런 벽지

나와 존 같은 평범한 사람이 여름 한 철 보내자고 고풍스러운 저택을 잡아두는 건 아주 드문 일이지.

식민지 시대[1]풍의 유서 깊은 저택이라지만, 내 눈엔 딱 유령 집이다. 낭만적인 행복의 정점에 딱 들어맞는 그런 저택. 뭐 진짜라면 엄청 비싼 값[2]을 요구했겠지만!

---

[1]   미국이 영국으로부터 독립하기 전 시기를 일컫는다. 남성에게 종속된 삶을 사는 여인의 이야기를 다루는 이 소설에서 미국이 영국의 식민지였던 역사적 배경은 매우 중요한 맥락을 이룬다.

[2]   'fate'는 '운명'이라는 뜻이고, 유사어로 'fortune'이 있다. 그런데 동사 ask가 있으므로 문맥상 'fortune'의 다른 의미 '돈, 재산'의 의미로 사용된 듯하다. 'fortune'을 써야 할 자리에 'fate'를 쓴 셈인데, 언어를 자의적으로 사

Still I will proudly declare that there is something queer about it. Else, why should it be let so cheaply? And why have stood so long untenanted?

John laughs at me, of course, but one expects that in marriage. John is practical in the extreme. He has no patience with faith, an intense horror of superstition, and he scoffs openly at any talk of things not to be felt and seen and put down in figures.

John is a physician, and perhaps—(I would not say it to a living soul, of course, but this is dead paper and a great relief to my mind)—perhaps that is one reason I do not get well faster.

어쨌든 내가 떳떳하게 선언하건대[3], 이 집엔 뭔가 기묘한 구석이 있어. 그렇지 않다면, 왜 그렇게 싸게 내놓았겠어? 또 왜 그렇게 오랫동안 비어 있었겠어?

존은 물론 날 비웃는다. 뭐, 결혼한 사람이라면 누구라도[4] 이런 걸 예상하겠지만. 존은 극도로 현실적인 사람이다. 신념이나 미신의 강한 공포 따윈 아주 질색팔색하는 사람, 손으로 만지거나 눈으로 보거나 숫자로 환산할 수 없는 것들에 관한 얘기는 대놓고 조롱하는 그런 사람.

존은 의사이다. 그런데 '어쩌면' (물론 나는 이 말을 다른 사람한테는 하지 않을 셈인데, 여기에 털어 놓는 이유는 이건 그냥 생명이 없는 종이일 뿐이고, 내 마음에 큰 안식이 되니까.) 그게[5] 내가 빨리 회복되지 않는 한 가지 이유일지도 모른다.

용하는 것 또한 남성 중심 질서에서 벗어나려는 시도로 볼 수 있다.

3　'declare'는 '선언하다'라는 의미의 단어이다. 앞 문장에 'colonial'(식민기의)이란 어휘가 있었기 때문에 등장한 것으로 볼 수 있다. 영국으로부터 미국의 독립은 남성으로부터 여성의 독립에 대한 사회적 맥락을 이룬다.

4　부정대명사 one은 불특정인을 지칭함으로써 주인공 여성 인물이 느끼는 주관적 자아와 사회적 자아 사이의 대립과 분열을 나타낸다. 또한 당대 평등하지 않았던 부부관계의 일면을 보여준다.

5　남편이 의사라는 사실을 뜻한다.

You see, he does not believe I am sick! And what can one do? If a physician of high standing, and one's own husband, assures friends and relatives that there is really nothing the matter with one but temporary nervous depression—a slight hysterical tendency—what is one to do?

My brother is also a physician, and also of high standing, and he says the same thing. So I take phosphates or phosphites—whichever it is, and tonics, and journeys, and air, and exercise, and am absolutely forbidden to "work" until I am well again.

Personally, I disagree with their ideas. Personally, I believe that congenial work, with excitement and change, would do me good. But what is one to do?

I did write for a while in spite of them; but it does exhaust me a good deal—having to be so sly

보다시피 그는 내가 아프단 걸 믿어주지 않는다! 그러니 뭘 할 수 있을까? 명망 높은 의사, 게다가 자신의 남편이기도 한 그런 사람이 친구들이나 친척들한테 문제될 거하나 없고 그냥 일시적인 우울증 — 약간의 히스테리 증상 — 일 뿐이라고 말한다면, 도대체 당사자는 뭘 할 수있단 말인가?

우리 오빠도 의사이고, 오빠 역시 명성이 높은데, 똑같은 말을 한다. 그래서 난 아인신염인지 아인산염인지 뭔지하는 약과 강장제를 먹고, 여행도 다니고, 바람도 쐬고 운동도 하지만, 건강이 회복될 때까지 '일'을 하는 건 완전히금지되었다.

개인적으로 나는 그들의 생각에 동의하지 않아. 개인적인 생각으론, 재미도 있고 기분전환이 되면서 내 성향에 맞는 일을 한다면 오히려 도움이 될 것 같은데 말이다. 그러나 뭘 할 수 있단 말인가?

그들의 만류에도 불구하고 난 한동안 글을 썼다. 그러나은밀하게 해야 한다는 것이 나를 정말이지 기진맥진하게만든다. 그렇게 안하면 심한 반대에 부딪힐 테니 말이다.

about it, or else meet with heavy opposition.

I sometimes fancy that in my condition if I had less opposition and more society and stimulus — but John says the very worst thing I can do is to think about my condition, and I confess it always makes me feel bad.

So I will let it alone and talk about the house. The most beautiful place! It is quite alone, standing well back from the road, quite three miles from the village. It makes me think of English places that you read about, for there are hedges and walls and gates that lock, and lots of separate little houses for the gardeners and people.

There is a delicious garden! I never saw such a garden — large and shady, full of box-bordered paths, and lined with long grape-covered arbors with seats under them. There were greenhouses,

난 가끔 이런 상상을 한다. 이거 안 된다 저거 안 된다 하는 말은 좀 덜 듣고, 사람들과 더 어울리고 그래서 자극을 더 받으면 내 상태가 어땠을까 하는 그런 상상. 그러면 존은 내가 가장 해서는 안 되는 일이 내 상태에 대해 생각하는 거라 말하는데, 솔직히 말해 이런 말이 늘 내 기분을 상하게 한다.

그러니 그 얘긴 그쯤 해두고 집에 대한 얘기를 해보려 한다. 최고로 아름다운 저택! 저택은 마을에서 3마일[6]은 족히 떨어져 있으며, 길에서도 멀리 떨어진 외진 곳에 있다. 울타리, 담벼락, 자물쇠 달린 대문이 있고, 또 정원사와 식솔들을 위한 작은 별채가 많아서, 책에서 본 영국의 대저택들을 생각나게 한다.

이 집엔 '달콤한' 정원이 있다! 난 이런 정원은 한 번도 본 적이 없다. 정원은 넓고 그늘이 드리워져 있고, 네모반듯하게 잘 손질된 생울타리길로 가득하고, 지붕을 포도나무로 덮은 긴 정자가 줄 지어 있고 그 아래에는 의자도 있

---

6 1마일이 약 1.6킬로미터이므로 3마일은 4.8킬로미터, 약 5킬로미터이다.

too, but they are all broken now.

There was some legal trouble, I believe, something about the heirs and co-heirs; anyhow, the place has been empty for years.

That spoils my ghostliness, I am afraid; but I don't care—there is something strange about the house—I can feel it.

I even said so to John one moonlight evening, but he said what I felt was a draught, and shut the window.

I get unreasonably angry with John sometimes. I'm sure I never used to be so sensitive. I think it is due to this nervous condition.

But John says if I feel so I shall neglect proper self-control; so I take pains to control myself,—before him, at least,—and that makes me very tired.

다. 온실도 몇 개 있는데, 지금은 다 엉망이 되었다.

내 생각엔 상속자들과 공동상속자들을 둘러싼 법적 다툼 같은 것이 있었던 것 같다. 어쨌든, 이 집은 수년간 비어 있었다.

이런 구구절절한 설명이 유령에 대한 상상력에 초를 칠까 두렵긴 하지만, 신경 안 쓸래. 이 집엔 분명 뭔가 이상한 점이 있고, 난 그걸 느낄 수 있으니.

달빛 가득한 어느 저녁 존에게 이런 말을 했지만, 내가 느낀 건 '바람'이라며 그이는 창문을 닫아 버렸지.[7]

난 이따금 존에게 이유 없이[8] 화가 날 때가 있다. 분명 예전에는 이렇게 예민했던 적이 없었지. 이게 다 신경과민 탓인 거 같긴 해.

그런데 존이 말하기를 그런 기분이 자꾸 들면, 내가 제대로 된 자기 통제력을 잃게 될 거라고 했다. 그래서 난 내자신을 통제하려고 애를 써 본다, 적어도 그이 앞에서만

---

7 유령에 대한 주인공 여성의 상상력을 남편 존은 일축해 버린다. 특히 창문을 닫는 행위는 여성에 대한 통제와 감금의 주제와 맞닿아 있다.

8 이유가 없다는 속뜻은 작품 속 화자 자신이 모른척 하거나, 사회전반의 문제라 인지할 수 없다는 뜻으로도 읽을 수 있다.

I don't like our room a bit. I wanted one downstairs that opened on the piazza and had roses all over the window, and such pretty old-fashioned chintz hangings! but John would not hear of it.

He said there was only one window and not room for two beds, and no near room for him if he took another.

He is very careful and loving, and hardly lets me stir without special direction.

I have a schedule prescription for each hour in the day; he takes all care from me, and so I feel basely ungrateful not to value it more.

큼은. 그런데 또 그러고 나면 대단히 지친다.

난 우리 방이 조금도 마음에 들지 않는다. 광장[9] 쪽으로 문이 나 있고, 창가가 온통 장미 천지이고, 고풍스런 꽃무늬 휘장[10]이 드리워진 아래층 방을 원했었는데! 하지만 존은 내 말을 도통 들으려 하지도 않았다.

그가 말하기를 1층 방은 창문이 하나밖에 없고 침대를 두 개 놓을 수 있는 방도 아니고, 그가 방을 따로 쓰려 해도 가까이에 다른 방도 없다며.

그는 매우 신중하고 자상한 사람으로, 특별한 이유 없이 날 동요하게 하는 일은 좀처럼 없다.[11]

난 매일 매 시간 단위로 스케줄을 처방받는다. 그는 나의 일거수일투족을 일일이 관리해 준다.[12] 그러니 그 정성을 귀히 여기지 않는다면 형편없이 몰염치한 사람일 테지.

9   piazza: 이탈리아 소도시의 광장을 뜻한다.

10 chintz: 커튼·가구 등의 커버로 쓰이는 꽃무늬가 날염된 광택 나는 면직물을 뜻한다.

11 남편에 대한 불만을 표현할 대목에서 정반대로 칭찬한다.

12 시간단위로 만든 처방은 남편 존의 세심함을 엿볼 수 있는 대목이기도 하지만, 이것은 또한 후기구조주의 철학자 푸코(Mitchell Foucault)의 이론에 따르면 개인의 신체와 신체활동을 규제함으로써 개인을 감시하고 통제하여 사회의 틀에 맞추는 훈육의 과정으로 해석할 수 있다.

He said we came here solely on my account, that I was to have perfect rest and all the air I could get.

"Your exercise depends on your strength, my dear," said he, "and your food somewhat on your appetite; but air you can absorb all the time."

So we took the nursery, at the top of the house.

It is a big, airy room, the whole floor nearly, with windows that look all ways, and air and sunshine galore. It was nursery first and then playground and gymnasium, I should judge; for the windows are barred for little children, and there are rings and things in the walls.

The paint and paper look as if a boys' school had used it. It is stripped off—the paper—in great patches all around the head of my bed, about as far as I can reach, and in a great place on the

우리가 이곳에 온 건 순전히 나 때문이라고, 내가 완벽하게 휴식을 취하고 바람을 실컷 쐬도록 하기 위해 온 거라고 그는 말했다.

"운동은 힘에 부치지 않게 하도록 해, 여보." 라고 그는 말했지. "그리고 음식도 식욕이 허락하는 만큼 먹어. 그렇지만 공기만큼은 항상 흠뻑 들이마시라고."

그래서 우리는 이 집 꼭대기 층에 있는 아이들 놀이방을 택하게 된 것이다.

이 방은 거의 층 전체를 차지하여 널찍하고 바람이 잘 통하며, 사방을 볼 수 있도록 창문이 있어 공기와 햇빛이 풍성하게 들어온다. 내 판단으로, 이 방은 애초에는 육아방이었던 것 같고 그 다음으로는 놀이와 체육을 위한 공간으로 사용했던 걸로 보인다. 어린 아이들을 위해 창문에는 온통 철창이 쳐져 있었고, 벽에는 고리며 뭐며 달려 있었으니까.

페인트와 벽지 상태로 봤을 때 남학교에서 이 방을 사용했던 것 같다. 그게 다 벗겨져 있었으니까. 벽지 말이다. 침대 머리맡 주변이 온통 뭉텅이로 조각조각 뜯겨 있었다.

other side of the room low down. I never saw a worse paper in my life. One of those sprawling flamboyant patterns committing every artistic sin.

It is dull enough to confuse the eye in following, pronounced enough to constantly irritate, and provoke study, and when you follow the lame, uncertain curves for a little distance they suddenly commit suicide—plunge off at outrageous angles, destroy themselves in unheard-of contradictions.

The color is repellant, almost revolting; a smouldering, unclean yellow, strangely faded by the slow-turning sunlight. It is a dull yet lurid orange in some places, a sickly sulphur tint in others.

거의 내 키가 닿는 높이까지 그리고 방의 반대쪽 낮은 곳까지. 내 평생 이보다 흉한 벽지는 본 적이 없다. 제 멋대로 뻗어 나가는 조악한 무늬는 예술에 있어 죄[13]란 죄는 모두 저지르고 있는 듯 했다.

무늬는 시야가 헷갈릴 만큼 흐릿하기도 하고, 지속적으로 눈을 시리게 하면서도 자세히 들여다보고 싶은 마음이 들만큼 또렷하기도 하다. 살짝 거리를 둔 채 그 흐릿한 절름발이 곡선을 따라가다 보면 무늬가 갑작스레 자살을 하는 것 같았다. 터무니없이 커다란 각을 이루며 별안간 거꾸러지고, 얼토당토않게 대조를 이루며 자멸해 버리니 말이다.

색깔은 역겨웠다, 거의 비위가 상할 만큼. 서서히 물들이는 햇빛으로 괴상하게 빛바랜, 그을음이 있는 불결한 누런색이었다. 군데군데 칙칙하면서도 야한 주황빛도 있고, 또 다른 부분은 역한 유황빛[14]도 띄었다.

---

13 sin: 물론 예술의 법칙에 따르지 않는 벽지의 무늬에 대한 상징적 표현이지만, 정상 vs 비정상, 선 vs 악 그리고 죄와 벌은 권력에 따라 자의적으로 정해지는 면이 있다.

14 sulphur: 유황은 색깔뿐만 아니라 역한 냄새와 지옥을 연상시킨다는 이

No wonder the children hated it! I should hate it myself if I had to live in this room long.

There comes John, and I must put this away,—he hates to have me write a word.

We have been here two weeks, and I haven't felt like writing before, since that first day.

I am sitting by the window now, up in this atrocious nursery, and there is nothing to hinder my writing as much as I please, save lack of strength. John is away all day, and even some nights when his cases are serious.

I am glad my case is not serious! But these nervous troubles are dreadfully depressing.

John does not know how much I really suffer. He knows there is no reason to suffer, and that satisfies him.

애들이 벽지를 싫어했을 만하네! 이 방에서 오랫동안 살아야한다면 나부터도 엄청 싫어했을 거야.[15]

저기 존이 오네. 이걸 얼른 치워야해. 내가 한 글자라도 끄적거리는 모습을 끔찍이도 싫어하니.

여기 온 지 두 주가 되어가지만, 첫 날부터 뭔가 끄적거릴 기분이 영 아니었다.

지금 난 이 끔찍한 2층 유아방 창가에 앉아 있다. 힘이 딸리지만 않는다면 내가 원하는 만큼 글 쓰는 걸 방해할 건 아무것도 없다. 존은 하루 종일 집에 없고, 그가 맡은 환자 상태가 심각할 땐 밤에도 집을 비울 때가 간혹 있다.

내 상태가 심각하지 않아서 얼마나 다행인지! 하지만 이 신경증은 정말이지 우울하다.

내가 실제로는 얼마나 괴로운지 존은 알지 못한다. 그는 내가 괴로워할 어떤 '이유'도 없다고 치부하고는 흡족해한다.

유로 언급된 것으로 보인다.

15 If 조건절 안에 과거시제를 쓰고, 주절에 조동사의 과거형을 씀으로써 현재의 반대상황을 가정하는 가정법 과거 문장으로 볼 수 있다.

Of course it is only nervousness. It does weigh on me so not to do my duty in any way!

I meant to be such a help to John, such a real rest and comfort, and here I am a comparative burden already!

Nobody would believe what an effort it is to do what little I am able—to dress and entertain, and order things.

It is fortunate Mary is so good with the baby. Such a dear baby! And yet I cannot be with him, it makes me so nervous.

I suppose John never was nervous in his life. He laughs at me so about this wallpaper!

At first he meant to repaper the room, but afterwards he said that I was letting it get the better of me, and that nothing was worse for a nervous patient than to give way to such fancies.

물론 그냥 신경증일 뿐이긴 하다. 그런데도 해야 할 일을 전혀 하지 못하도록 나를 짓누른다!

존에게 난 그토록 도움이 되고 진정한 안식과 위안이 되어주고 싶었다. 그러나 이곳에서의 난 이미 짐에 비견될 수 있으니!

내가 할 수 있는 사소한 일들 ─ 옷을 입는다거나 재미있게 해준다거나 또 다른 일들 ─ 을 하는 데도 얼마나 많은 노력이 필요한지 아무도 믿지 않을 거야.

메리가 아이를 잘 돌보는 건 다행스런 일이야. 그토록 사랑스러운 아기를! 하지만 난 아이와 함께 있을 수가 없다. 그게 날 너무도 불안하게 한다.

내 생각에 존은 일평생 한 번도 불안감을 느껴본 적이 없는 사람 같다. 이 벽지 하나를 두고서도 나를 엄청 비웃으니!

그도 처음엔 다시 도배를 하려 했지만, 나중에 말하기를, 벽지 따위가 마음을 갉아먹는 걸 내가 어쩌지 못하고 있다며, 나 같은 신경증 환자에게 있어 그런 공상[16] 따위

───────────────
16 공상(fancy)은 의사인 주인공의 남편이 상징하는 남성/이성중심주의가

He said that after the wallpaper was changed it would be the heavy bedstead, and then the barred windows, and then that gate at the head of the stairs, and so on.

"You know the place is doing you good," he said, "and really, dear, I don't care to renovate the house just for a three months' rental."

"Then do let us go downstairs," I said, "there are such pretty rooms there."

Then he took me in his arms and called me a blessed little goose, and said he would go down cellar if I wished, and have it whitewashed into the bargain.

에 휘둘리는 것보다 나쁜 건 없다고 했지.

벽지를 바꾸고 나면 그 다음엔 육중한 침대프레임, 그 다음엔 철창 달린 창문, 그 다음엔 계단 앞 문 등등을 줄줄이 바꿔야할 거라고 그이는 말했다.

"이 집이 당신에게 도움이 된단 걸 당신도 알잖아. 그리고, 진짜로, 여보, 겨우 석 달 임대한 집을 개조하고 싶지는 않아." 라고 그는 말했다.

"그렇담 아래층으로 옮겨요. 거기 방들은 엄청 예쁘잖아요." 라고 난 말했다.

그러자 그이는 나를 품에 안고는 복덩이 아기 거위[17]라 부르며, 원한다면 지하실에라도 내려가 하얗게 페인트칠도 해주겠노라 말했다.[18]

결코 용납할 수 없는 영역에 속한다.

17 'little goose': '아기 거위' 혹은 '작은 거위.' 물론 애칭이겠지만 'little'(작은, 어린)이란 말은 아내를 어린아이 취급하는 남편의 태도로 해석할 수 있다. 어린 아이들이 썼던 방을 주인공 여성이 사용하게 된다는 점 역시 여성을 어린 아이 취급했던 19세기 사회상을 반영한다고 볼 수 있다.

18 'into the bargain': '또한, 게다가'의 의미를 갖는 숙어.

But he is right enough about the beds and windows and things. It is as airy and comfortable a room as any one need wish, and, of course, I would not be so silly as to make him uncomfortable just for a whim.

I'm really getting quite fond of the big room, all but that horrid paper.

Out of one window I can see the garden, those mysterious deep-shaded arbors, the riotous old-fashioned flowers, and bushes and gnarly trees.

Out of another I get a lovely view of the bay and a little private wharf belonging to the estate. There is a beautiful shaded lane that runs down there from the house. I always fancy I see people walking in these numerous paths and arbors, but John has cautioned me not to give way to fancy in the least. He says that with my imaginative power

그러나 침대와 창문과 그 밖의 다른 것들에 관한 한 그의 말이 옳다. 여긴 누구라도 좋아할 바람 잘 통하는 안락한 방이다. 그러니 변덕을 부려 그를 불편하게 만들만큼 어리석게 굴지는 않으리라.

나는 정말이지 이 큰 방이 꽤 좋아지고 있다. 저 끔찍한 벽지만 제외하면 말이다.

한 창문 너머로 정원이며 짙게 그늘진 비밀스런 정자며 유행 지난 현란한 꽃들이며 관목이며 울퉁불퉁한 나무들이 다 보인다.

다른 창문 밖으론 이 사유지 소유인 부두와 바닷가의 사랑스러운 정경이 펼쳐진다. 그늘진 예쁜 오솔길이 이 저택에서부터 그 곳까지 이어져 있다. 난 늘 저 수많은 산책로와 정자를 걷는 사람들을 보는 공상을 한다. 그러나 존은 그런 공상 따위에 조금도 곁을 주지 말라고 경고했다. 나와 같은 신경증에 상상력과 얘기를 꾸며내는 습관이 덧붙여지면 온갖 들뜬 공상에 빠져들 수 있다며, 이런 기질을 통제하려면 의지와 분별력을 발휘해야 한다고 그는 말한다. 그래서 난 애를 써 본다.

and habit of story-making a nervous weakness like mine is sure to lead to all manner of excited fancies, and that I ought to use my will and good sense to check the tendency. So I try.

I think sometimes that if I were only well enough to write a little it would relieve the press of ideas and rest me. But I find I get pretty tired when I try.

It is so discouraging not to have any advice and companionship about my work. When I get really well John says we will ask Cousin Henry and Julia down for a long visit; but he says he would as soon put fire-works in my pillow-case as to let me have those stimulating people about now.

I wish I could get well faster.

But I must not think about that. This paper looks to me as if it knew what a vicious influence it had!

만약 글을 조금 쓸 정도의 건강만 허락한다면 글쓰기가 오히려 상념의 무게를 덜어주고 안식을 주지 않을까 하는 생각을 가끔 한다. 그러나 막상 글을 써보려 하면 굉장히 피곤해진다.

　내가 쓴 글에 관하여 조언이나 교감을 얻을 수 없다는 건 너무나 맥 빠지는 일이다. 내가 정말로 건강해지면, 사촌 헨리와 줄리아를 저택으로 초대해 한동안 지내게 할 거라고 존이 말한다. 그러나 지금 당장은 자극적인 두 사람을 내 옆에 뒀다가는 마치 베갯잇에 폭죽[19]을 터뜨리는 꼴이 될 거라 그는 말했다.

　하루 빨리 건강이 회복되면 좋겠어.

　하지만 그런 생각은 하지 말아야 해. 이 벽지는 자신이 내게 얼마나 악영향을 미치는지 마치 스스로 알고 있기라도 한 듯 나를 바라본다!

19　독립기념일인 7월 4일에 행해지는 불꽃놀이를 연상시킨다.

There is a recurrent spot where the pattern lolls like a broken neck and two bulbous eyes stare at you upside-down.

I get positively angry with the impertinence of it and the everlastingness. Up and down and sideways they crawl, and those absurd, unblinking eyes are everywhere. There is one place where two breadths didn't match, and the eyes go all up and down the line, one a little higher than the other.

I never saw so much expression in an inanimate thing before, and we all know how much expression they have! I used to lie awake as a child and get more entertainment and terror out of blank walls and plain furniture than most children could find in a toy-store.

I remember what a kindly wink the knobs of our

벽지 무늬에는 부러진 목처럼 축 늘어지고 두 개의 둥그런 눈이 거꾸로 매달려 나를 노려보는 지점이 반복된다.[20]

뻔뻔하게 계속 이어지는 벽지 무늬 때문에 난 너무도 화가 났다. 무늬들은 위로 아래로 옆으로 기어 다니고, 터무니없이 부릅뜬 눈은 어디에나 있다. 두 눈의 폭이 서로 맞지 않는 지점이 하나 있었는데, 줄도 맞지 않고 들쭉날쭉했으며, 눈 하나가 다른 쪽보다 약간 더 높이 있었다.

이전에는 무생물에게서[21] 그토록 풍부한 표정을 본 적이 없었으나, 사실 그 안에 얼마나 풍부한 표정이 있는지 우리 모두는 알고 있다! 어린 시절 나는 뜬 눈으로 누워서 대부분의 어린아이들이 장난감 가게에서 찾는 것보다 더 많은 즐거움과 공포를 빈 벽과 평범한 가구에서 얻곤 했었다.

예전에 우리 집에 있던 크고 낡은 책상 손잡이가 얼마나

---

20 벽지 무늬를 묘사함에 있어 '목'과 '눈'을 끌어들임으로써 벽지 무늬를 의인화하고 있음을 알 수 있다.
21 에드가 앨런 포우(Edgar Allan Poe)의 단편 「어셔가의 몰락」의 주인공인 신경증 환자 로더릭 어셔 역시 무생물이 인간에게 영향을 미친다는 믿음을 갖고 있다.

big old bureau used to have, and there was one chair that always seemed like a strong friend.

I used to feel that if any of the other things looked too fierce I could always hop into that chair and be safe.

The furniture in this room is no worse than inharmonious, however, for we had to bring it all from downstairs. I suppose when this was used as a playroom they had to take the nursery things out, and no wonder! I never saw such ravages as the children have made here.

The wallpaper, as I said before, is torn off in spots, and it sticketh closer than a brother—they must have had perseverance as well as hatred.

Then the floor is scratched and gouged and splintered, the plaster itself is dug out here and there, and this great heavy bed, which is all we

다정하게 윙크를 했었는지, 또 의자 하나는 늘 든든한 친구처럼 보였던 걸 난 기억한다.

　나머지 다른 물건들이 너무 사나워 보일 때 그 의자에 올라타면 안전할 거라 느끼곤 했었다.

　헌데 이 방의 가구는 부조화 그 자체였다. 왜냐면 아래층 가구를 몽땅 위로 갖고 와야 했으니. 이 방이 놀이방으로 사용됐을 때도 아마 육아용품을 다 치웠어야 했을 테니, 이상할 것도 없지! 아이들이 망쳐놓은 이 방보다 더 험한 꼴을 난 본 적이 없다.

　내가 앞에서 얘기했듯이 벽지는 군데군데 찢겨 있기도 하고, 형제보다도 더 가깝게 들러붙어 있기도 하다. 그걸 보니 아이들에겐 미움만이 아니라 집요함 또한 있었음에 분명하다.

　바닥은 긁히고 패이고 금 가고, 회반죽[22]마저 여기 저기 한 움큼씩 헤집어져 있었고, 방에 있는 유일한 가구인 이 거대하고도 육중한 침대는 마치 전쟁이라도 겪은 몰골이

22　plaster: 회반죽. 지금은 시멘트나 콘크리트를 사용하지만 예전에는 회반죽으로 벽을 발랐다.

found in the room, looks as if it had been through the wars.

But I don't mind it a bit—only the paper.

There comes John's sister. Such a dear girl as she is, and so careful of me!

I must not let her find me writing.

She is a perfect, and enthusiastic housekeeper, and hopes for no better profession. I verily believe she thinks it is the writing which made me sick!

But I can write when she is out, and see her a long way off from these windows.

There is one that commands the road, a lovely, shaded, winding road, and one that just looks off over the country. A lovely country, too, full of great elms and velvet meadows.

었다.

하지만 난 이런 것엔 조금도 신경이 쓰이지 않는다. 오로지 벽지만이 신경 쓰일 뿐.

저기 시누이가 온다. 어찌나 사랑스럽고, 어찌나 날 챙겨 주는지!

내가 글 쓰는 모습을 시누이에게 들킬 수는 없어.

시누이는 완벽한 열혈 주부이고, 더 나은 직업은 바라지도 않는다. 시누이는 내가 아픈 게 바로 글쓰기 때문이라고 생각하고 있음에 분명하다. 하지만 시누이가 없을 때 난 글을 쓰면서 이 창문들을 통해 멀찍이서 그녀를 볼 수 있다.

구불구불 그늘진 아기자기한 오솔길과 이 근방 전체를 조망할 수 있는 창문이 있다. 커다란 느릅나무와 벨벳처럼 부드러운 초원이 펼쳐진 사랑스러운 전원의 모습도.

This wallpaper has a kind of sub-pattern in a different shade, a particularly irritating one, for you can only see it in certain lights, and not clearly then.

But in the places where it isn't faded, and where the sun is just so, I can see a strange, provoking, formless sort of figure, that seems to sulk about behind that silly and conspicuous front design.

There's sister on the stairs!

Well, the Fourth of July is over! The people are gone and I am tired out. John thought it might do me good to see a little company, so we just had mother and Nellie and the children down for a week.

Of course I didn't do a thing. Jennie sees to everything now.

벽지에는 명암이 다른 작은 무늬가 있는데, 그게 날 진짜 짜증나게 한다. 왜냐면 특정한 조명에서만 보이고 그마저도 명확하지 않으니 말이다.

그러나 벽지색이 바래지도 않고 햇볕도 딱 좋은 그런 지점에서 ─ 낯설고 도발적인 무정형의 형상이 하나 보인다. 이 형상은 유치하게 튀는 벽지 앞 무늬 뒤로 슬금슬금 숨어서 돌아다니는 것 같다.

계단에 시누이가 와 있다!

자, 독립기념일도 끝났다! 사람들은 떠났고 나는 완전히 지쳤다. 존은 손님이 몇 명 놀러오면 나한테 도움이 될 거라며, 엄마와 넬리 그리고 아이들을 일주일간 초대했었다.

물론 난 손 하나 까딱하지 않았다. 지금은 제니[23]가 모든 일을 다 건사하니까.

그러나 나는 똑같이 피곤하다. 내가 빨리 회복되지 않으면 존은 가을에 나를 위어 미첼 박사[24]에게 보내겠단다.

---

23 제니는 제인에 대한 애칭으로 볼 수 있으므로, 『제인 에어』의 주인공 제인을 암시하는 것일 수도 있다.

24 위어 미첼 박사는 이 소설의 작가 샬롯 길먼을 실제로 치료했던 정신과 의사로서 치료를 위해 아무 일도 안하고 절대 안정을 취하는 휴식 요법을 강

But it tired me all the same. John says if I don't pick up faster he shall send me to Weir Mitchell in the fall.

But I don't want to go there at all. I had a friend who was in his hands once, and she says he is just like John and my brother, only more so!

Besides, it is such an undertaking to go so far.

I don't feel as if it was worth while to turn my hand over for anything, and I'm getting dreadfully fretful and querulous. I cry at nothing, and cry most of the time.

Of course I don't when John is here, or anybody else, but when I am alone.

And I am alone a good deal just now. John is kept in town very often by serious cases, and Jennie is good and lets me alone when I want her to.

난 정말이지 거기에 가고 싶지 않다. 그에게 치료를 받은 친구가 하나 있었는데, 그 친구가 말하기를 미첼 박사는 존이나 우리 오빠와 아주 비슷하거나 한 술 더 뜨는 타입이라고 했다!

게다가, 그렇게 멀리 가는 건 너무나 성가신 일이다.

그 어떤 일도 손 댈 가치가 없는 느낌이고, 그저 끔찍하게 초조하고 짜증이 난다. 난 아무 이유 없이 울고, 하루 종일 울고 있다.

물론 존이나 다른 사람이 여기 있을 때는 울지 않고, 혼자 있을 때만 운다.

지금은 자주 혼자다. 심각한 상황이 생기면 존은 시내에 잡혀 있곤하고, 제니는 착해서 내가 혼자 있고 싶다고 하면 그렇게 해준다.

그래서 나는 정원이나 예쁜 오솔길을 살짝 산보하거나, 장미 아래 현관에 앉기도 있지만, 주로는 여기 위층에 올라와 눕는다.

조했다.

So I walk a little in the garden or down that lovely lane, sit on the porch under the roses, and lie down up here a good deal.

I'm getting really fond of the room in spite of the wallpaper. Perhaps because of the wallpaper.

It dwells in my mind so!

I lie here on this great immovable bed — it is nailed down, I believe — and follow that pattern about by the hour.

It is as good as gymnastics, I assure you. I start, we'll say, at the bottom, down in the corner over there where it has not been touched, and I determine for the thousandth time that I will follow that pointless pattern to some sort of a conclusion.

I know a little of the principle of design, and I know this thing was not arranged on any laws

이런 벽지가 있는데도 이 방이 점점 진짜로 좋아지고 있다. 어쩌면 벽지 때문에 좋아지는 건지도.

벽지는 내 마음을 온통 사로잡았다![25]

바닥에 못으로 고정되어 꿈쩍도 하지 않는 여기 이 커다란 침대에 누워, 난 시간 가는 줄 모르고 이리저리 벽지 무늬를 쫓는다.

장담하건대, 이건 거의 체조와 다름없다. 무슨 뜻이냐면, 나는 아래 바닥에서 출발하여, 그러니까 손도 닿지 않는 저 구석에서 출발하는 것이다. 그리고는 이 무의미한 무늬가 어떻게 끝나는지 따라가 보겠노라 천 번쯤 결심을 한다.

나는 디자인의 원칙을 조금은 안다.[26] 그런데 이건 방사, 교차, 반복, 대칭 등 내가 들어본 그 어떤 법칙에 따라서도 배열되지 않았다. 물론 무늬는 폭의 크기에 맞춰 반복되고 있기는 하나, 그 외 다른 원칙은 없다.

---

25 끔찍하게 싫었던 벽지를 화자는 이제 전과 다르게 표현한다.

26 저자 길먼은 로드아일랜드 디자인스쿨에서 미술을 공부하고 잠시 디자이너로 활동한 바 있다. 이러한 경험이 묻어나는 대목이다.

of radiation, or alternation, or repetition, or symmetry, or anything else that I ever heard of. It is repeated, of course, by the breadths, but not otherwise.

Looked at in one way each breadth stands alone, the bloated curves and flourishes—a kind of "debased Romanesque" with delirium tremens—go waddling up and down in isolated columns of fatuity.

But, on the other hand, they connect diagonally, and the sprawling outlines run off in great slanting waves of optic horror, like a lot of wallowing seaweeds in full chase.

The whole thing goes horizontally, too, at least it seems so, and I exhaust myself in trying to distinguish the order of its going in that direction.

They have used a horizontal breadth for a frieze,

한쪽 방향에서 보면 각각의 무늬가 홀로 선 듯 보이지만, 부푼 곡선과 요란한 무늬는 마치 알콜중독자의 헛소리처럼[27] 일종의 "저질 로마네스크" 양식으로 뚝뚝 떨어진 기둥 속으로 오르락내리락 어기적대고 있었다.

 그러나 또 다시 보면, 이 무늬들은 대각선으로 연결되고, 제멋대로 뻗은 윤곽선은 마치 흐느적대는 수많은 해초가 전 속력으로 추적하듯 무섭게 덮쳐 오는 파도처럼 줄행랑을 치는 형상이다.

 무늬 전체는 수평으로 움직이기도 한다. 적어도 겉으로는 그렇게 보이는데, 그 방향으로 움직이는 질서를 파악하려고 애쓰다보면 난 이내 지치고 만다.

 벽에는 일정한 폭의 띠 장식이 수평으로 새겨져 있는데, 이게 또 놀랍도록 혼란을 가중시킨다.

---

27 delirium tremens: (알코올 중독에 의한) 진전(震顫) 섬망증을 뜻한다. 주로 알콜중독자가 겪는 부작용으로 뇌에 구조적인 이상이 없음에도 불구하고 겪는 정신적인 환각 증상을 일컫는다.

and that adds wonderfully to the confusion.

There is one end of the room where it is almost intact, and there, when the cross-lights fade and the low sun shines directly upon it, I can almost fancy radiation after all,—the interminable grotesques seem to form around a common centre and rush off in headlong plunges of equal distraction.

It makes me tired to follow it. I will take a nap, I guess.

I don't know why I should write this.

I don't want to.

I don't feel able.

And I know John would think it absurd. But I must say what I feel and think in some way— it is such a relief! But the effort is getting to be greater than the relief.

방 한 쪽 끝은 사람 손길이 거의 닿지 않아 멀쩡했다. 교차조명[28]이 어두워지고 뉘엿뉘엿 지는 해가 직접 비추면, 뭔가가 퍼져 나가는 모습을 난 상상할 수 있을 지경이었다. 끝도 없이 기이한 문양들이 중심 주변에 똑같이 형성되고 똑같이 흩어져서는 갑자기 거꾸로 곤두박질치는 것이었다.

그 무늬를 쫓다보면 난 너무도 피곤해진다. 아무래도 낮잠을 자야겠어.

내가 왜 이런 걸 글로 써야 하는지 나도 모르겠어.

쓰고 싶지 않아.

할 수 있을 것 같지도 않고.

존은 이걸 얼토당토 않는 소리라고 여길 거란 걸 안다. 그래도 난 내가 느끼고 생각하는 걸 어떻게든 말해야만 해. 그건 엄청난 위안이 되니까! 하지만 글을 쓰는 데 드는 노력이 글을 쓰며 받는 위안보다 더 커지고 있다.

---

28 crosslight: 교차조명. 메인 조명이 닿지 않아 어두운 부분을 밝히기 위해 사용하는 보조 조명.

Half the time now I am awfully lazy, and lie down ever so much.

John says I musn't lose my strength, and has me take cod-liver oil and lots of tonics and things, to say nothing of ale and wine and rare meat.

Dear John! He loves me very dearly, and hates to have me sick. I tried to have a real earnest reasonable talk with him the other day, and tell him how I wish he would let me go and make a visit to Cousin Henry and Julia.

But he said I wasn't able to go, nor able to stand it after I got there; and I did not make out a very good case for myself, for I was crying before I had finished.

It is getting to be a great effort for me to think straight. Just this nervous weakness, I suppose.

난 이제 하루의 절반쯤은 지독히도 게을러져서, 덕분에 그 어떤 때보다도 많은 시간을 그저 누워만 있다.

존은 힘이 떨어지면 안 된다며, 맥주와 와인과 생고기를 비롯하여 대구의 간 기름과 강장제 같은 것들을 내게 많이 먹인다.

다정한[29] 존! 그는 날 다정하게 사랑해주고, 내가 아픈 걸 싫어한다. 요 전날 난 그와 진심을 담아 합리적인 대화를 나누려 애쓰며, 사촌 헨리와 줄리아네 집에 놀러가는 걸 허락해주길 얼마나 바라는지 말해보려 했다.

하지만 그는 내가 갈 힘도 없고, 간다 해도 버틸 수 없을 거라 말했다. 그 말에 난 내 자신을 그다지 잘 변호하지 못했다. 말을 다 마치기도 전에 울음이 터져버렸으니.

제대로 생각을 하는 것도 이젠 힘이 든다. 이 신경쇠약 때문에 그런 거라 생각하지만.

---

29 앞문장에 다정하다고 말하지만 뒷문장에는 내용상 존에 대한 불만을 표현하고 있다. 결국 존은 화자를 압박하고 있는 것이고 화자도 이를 알고있다.

And dear John gathered me up in his arms, and just carried me upstairs and laid me on the bed, and sat by me and read to me till it tired my head.

He said I was his darling and his comfort and all he had, and that I must take care of myself for his sake, and keep well.

He says no one but myself can help me out of it, that I must use my will and self-control and not let any silly fancies run away with me.

There's one comfort, the baby is well and happy, and does not have to occupy this nursery with the horrid wallpaper.

If we had not used it that blessed child would have! What a fortunate escape! Why, I wouldn't have a child of mine, an impressionable little thing, live in such a room for worlds.

그러자 다정한 존은 나를 일으켜 와락 끌어안고 위층으로 옮겨 침대에 눕히고는 내 머리가 지칠 때까지 옆에 앉아 책을 읽어주었다.

내가 그의 사랑이고 위안이고 그가 가진 전부라며, 그러니 그를 봐서라도 내 자신을 돌보고 건강을 유지해야 한다고 그는 말했다.

다른 누구도 아닌 오직 나 자신만이 나를 도울 수 있는 거라며, 그러니 의지와 자기통제력을 발휘해서 어리석은 공상 따위에 휩쓸리지 않도록 주의하라고 그는 말한다.

위안이 되는 건 아이가 건강하고 행복하게 지내고 있다는 사실과 아이는 끔찍한 벽지로 도배된 이 육아방에서 지내지 않아도 된다는 사실이다.

우리가 이 방을 쓰지 않았더라면, 사랑하는 내 아이가 썼겠지! 그걸 피한 건 참 다행스러운 일이야! 저런, 세상을 다 준다해도 난 내 아이, 그 연약한 어린 것을 이런 방에서 지내게 하진 않을 테야.

I never thought of it before, but it is lucky that John kept me here after all. I can stand it so much easier than a baby, you see.

Of course I never mention it to them any more,—I am too wise,—but I keep watch of it all the same.

There are things in that paper that nobody knows but me, or ever will. Behind that outside pattern the dim shapes get clearer every day. It is always the same shape, only very numerous.

And it is like a woman stooping down and creeping about behind that pattern. I don't like it a bit. I wonder—I begin to think—I wish John would take me away from here!

전엔 이런 생각 해 본 적이 없지만, 결국 존이 나를 여기서 지내게 한 건 차라리 잘된 일이란 생각이 들어. 보다시피, 아기보다야 내가 더 수월하게 견뎌낼 수가 있으니.

물론 이런 말을 저들에게 난 입도 뻥긋하지 않는다. 그 정도 눈치는 있어서 그냥 한결같이 벽지를 주시하고 있을 뿐이다.

벽지 안에는 나 밖에 모르는 것들이 있다. 아마 앞으로도 영원히 그럴 테지만. 겉에 도드라진 문양 뒤로 희미한 형체가 나날이 또렷해지고 있다는 사실. 늘 똑같은 형체인데, 수가 점점 늘어난다.

그건 꼭 문양 뒤에서 구부정하게 수그리고 기어 다니는 여인처럼 보인다. 난 그게 조금도 마음에 들지가 않는다. 존이 나를 여기에서 데리고 나갈 수 있을까 궁금하고, 그래주면 좋겠다는 소망을 갖게 된다.[30]

---

30   이 대목에서부터 이 여성인물은 벽지 속 여인과 자신을 동일시하여, 벽지 속 여인이 벽지 무늬 안에 갇혀 있듯, 자신 역시 이 저택에 갇힌 것이라 인식하기 시작한다. 또한 존이 자신을 꺼내주기를 바라는 대목은 자신을 감금한 것이 존으로 대표되는 남성, 의학으로 대표되는 합리적 이성의 질서라는 것을 깨닫는 대목으로 해석할 수 있다.

It is so hard to talk with John about my case, because he is so wise, and because he loves me so.

But I tried it last night.

It was moonlight. The moon shines in all around, just as the sun does.

I hate to see it sometimes, it creeps so slowly, and always comes in by one window or another.

John was asleep and I hated to waken him, so I kept still and watched the moonlight on that undulating wallpaper till I felt creepy.

내 상태에 대해 존과 얘기를 나눈다는 건 어려운 일이다. 왜냐하면 그는 너무나 현명한 사람이고 나를 너무도 사랑하니까.

그러나 어젯밤 난 얘기를 시도해 보았다.

달빛이 깃든 밤이었다.[31] 달은 태양과 똑같이 온 세상을 두루 비춘다.

이따금 난 그게 보기 싫다. 너무 느릿느릿 기어 다니고, 늘 창문으로 들어온다.[32]

존이 잠을 자고 있었기에 깨우기 싫었다. 그래서 난 으스스한 느낌이 들 때까지 물결치는 벽지 위에 비치는 달빛을 숨죽인 채 바라보았다.[33]

---

31   낮과 밤 그리고 해와 달이 이루는 대조는 이 작품을 이해함에 있어서 핵심적인 이항대립의 개념으로 볼 필요가 있다. 남성 vs 여성, 이성 vs 광기 등의 이항대립은 앞에 나오는 개념들(낮, 해, 남성, 이성, 백인, 선)이 뒤에 나오는 개념들(밤, 달, 여성, 광기, 흑인, 악)보다 우월하다는 것을 각인시키며 서구의 이성중심주의, 남성중심주의, 백인중심주의의 뼈대를 구성한다. 어쩌면 소설 속 여성인물이 갇힌 공간은 이러한 이항대립이 만들어낸 억압과 공포를 가시화하고 공간화한 것일지도 모른다.

32   이 대목에서 인물은 달빛과 벽지 속 여인을 동일시한다. 이로써 사회 속에서 여성이라는 존재가 지니는 함의는 태양이 아닌 달이 갖는 의미와 유사하다는 것을 알 수 있다.

33   달의 힘으로 인해 밀물과 썰물이 생겼음을 감안할 때, 달빛이 벽지의 무

The faint figure behind seemed to shake the pattern, just as if she wanted to get out.

I got up softly and went to feel and see if the paper did move, and when I came back John was awake.

"What is it, little girl?" he said. "Don't go walking about like that—you'll get cold."

I thought it was a good time to talk, so I told him that I really was not gaining here, and that I wished he would take me away.

"Why darling!" said he, "our lease will be up in three weeks, and I can't see how to leave before.

"The repairs are not done at home, and I cannot possibly leave town just now. Of course if you were in any danger I could and would, but you really are better, dear, whether you can see it or not. I am a doctor, dear, and I know. You are

뒤에 있는 어렴풋한 형상이 마치 바깥으로 나가고 싶어하는 여인처럼 무늬를 뒤흔드는 것처럼 보였다.

난 정말로 벽지가 움직였는지 보려고 조심스레 일어나 벽지를 만져보러 갔고, 내가 침대로 돌아왔을 때 존은 잠에서 깼다.

"꼬마 아가씨[34], 무슨 일이야?" 그는 말했다. "그렇게 왔다 갔다 하지 마. 그러다 감기 걸린다고."

이때가 대화를 나눌 절호의 찬스라고 나는 생각했다. 그래서 이곳은 나에게 전혀 도움이 되지 않는다고, 그가 나를 멀리 데리고 가줬음 한다고 말했다.

"아니 여보! 3주면 임대기간이 만료될 건데, 그 전에 어떻게 떠날 생각을 하는지 난 이해가 안 가네." 라고 그는 말했다.

"집수리가 아직 마무리되지 않았어. 그리고 지금 당장 마을을 떠나는 건 불가능해. 물론 당신이 위험한 상황이라면 그렇게 할 수밖에 없고 그렇게 할 거지만. 하지만 여

늬에 파도를 만든다는 표현은 매우 흥미롭다.

34 "little girl": 아내를 "꼬마 아가씨"라 부르는 행위는 여성을 온전한 성인으로 보지 않고, 어린 아이 취급했던 당대 사회 분위기를 엿보게 한다.

gaining flesh and color, your appetite is better. I feel really much easier about you."

"I don't weigh a bit more," said I, "nor as much; and my appetite may be better in the evening, when you are here, but it is worse in the morning when you are away."

"Bless her little heart!" said he with a big hug; "she shall be as sick as she pleases! But now let's improve the shining hours by going to sleep, and talk about it in the morning!"

"And you won't go away?" I asked gloomily.

"Why, how can I, dear? It is only three weeks more and then we will take a nice little trip of a few days while Jennie is getting the house ready. Really, dear, you are better!"

보, 당신은 당신이 알건 모르건 당신은 정말로 많이 회복이 되고 있어. 여보, 난 의사요, 그러니 잘 알지. 당신은 살도 붙고 안색도 좋아지고, 식욕도 좋아지고 있고, 당신에 대해 난 정말 한시름 놓았다고."

"난 조금도 체중이 늘지 않았어요. 오히려 줄었어요. 그리고 당신이 집에 있는 저녁 때는 식욕이 더 나은지 몰라도, 당신이 집에 없는 아침에는 식욕이 하나도 없다고요." 라고 나는 말했다.

"그녀의 작은 가슴에 축복이 깃들길!" 이렇게 말하며 그는 나를 와락 껴안았다. "원하는 만큼 아프라지! 그러나 낮 시간에 상태가 좋으려면 지금 잠자리에 들고, 얘기는 날 밝으면 하자고!"[35]

"그럼 떠나지 않는다고요?" 나는 침울하게 물었다.

"아니, 어떻게 떠나겠어, 여보? 삼 주 남짓만 기다리면 되고, 그 다음엔 제니가 집을 정리하는 며칠간 멋지게 여행을 잠깐 다녀오면 된다고. 여보, 당신은 진짜 좋아졌다

---

35 낮과 밤의 대조는 이 작품의 전체를 관통하는 중요한 주제이다. 낮은 존이 속하는 남성/이성의 영역이고, 밤은 극중 화자가 속하는 여성/광기의 영역이다.

"Better in body perhaps"—I began, and stopped short, for he sat up straight and looked at me with such a stern, reproachful look that I could not say another word.

"My darling," said he, "I beg of you, for my sake and for our child's sake, as well as for your own, that you will never for one instant let that idea enter your mind! There is nothing so dangerous, so fascinating, to a temperament like yours. It is a false and foolish fancy. Can you not trust me as a physician when I tell you so?"

So of course I said no more on that score, and we went to sleep before long. He thought I was asleep first, but I wasn't,—I lay there for hours trying to decide whether that front pattern and the back pattern really did move together or separately.

고!"

"몸은 어쩌면 좋아졌는지 몰라도 --" 하고 나는 말을 꺼냈다가 이내 멈췄다. 왜냐하면 그가 몸을 곧추 세우고 앉아서는 꾸짖는 듯한[36] 엄한 표정으로 나를 쳐다봤기 때문이다. 난 아무 말도 할 수가 없었다.

그가 말하기를, "여보, 제발 부탁 좀 할게. 날 위해서 우리의 아이를 위해서 그리고 당신 자신을 위해서 한시도 그런 생각은 절대 하지 않겠노라고! 당신 같은 신경쇠약 환자에게 그만큼 위험하고 그만큼 마음이 미혹되는 일은 없다고. 그건 그릇되고 멍청한 망상에 불과하다고. 내가 이렇게 말할 땐 의사로서 날 좀 신뢰해줄 수 없겠어?"

물론 그래서 그 문제[37]에 대해 난 더 이상 거론할 수가 없었고, 우리는 이내 잠자리에 들었다. 그는 내가 먼저 잠이 들었다고 생각했지만, 아니었다. 몇 시간동안이고 거기 누워서 앞 무늬와 뒷 무늬가 동시에 움직였는지 따로 따

---

36   reproachful: '꾸짖는 듯한.' 부부 사이의 관계가 수평적 관계가 아닌 마치 어른과 아이의 관계처럼 수직적 관계임을 암시하는 대목.
37   score: '점수, 악보, 20개' 등 여러 의미가 있는데, 문맥 상 여기서는 '사실, 진상'의 의미이다.

On a pattern like this, by daylight, there is a lack of sequence, a defiance of law, that is a constant irritant to a normal mind.

The color is hideous enough, and unreliable enough, and infuriating enough, but the pattern is torturing.

You think you have mastered it, but just as you get well under way in following, it turns a back somersault and there you are. It slaps you in the face, knocks you down, and tramples upon you. It is like a bad dream.

The outside pattern is a florid arabesque, reminding one of a fungus. If you can imagine a toadstool in joints, an interminable string of toadstools, budding and sprouting in endless convolutions,—why, that is something like it.

로 움직였는지 알아내려고 애썼다.

 낮에 보면 이런 문양은 잘 이어지지도 않고 원칙에도 맞지 않아서, 평범한[38] 사람한테는 계속 거슬린다.[39]

 색상만으로도 충분히 끔찍하고, 충분히 불안하고, 충분히 분노케 하지만, 문양은 아예 고문하는 듯했다.

 이젠 훤히 알겠다고 자만하며 한참 눈으로 쫓는 순간, 벽지 무늬는 "자, 잘 봐"하며 별안간 뒤로 공중제비를 돈다. 벽지는 따귀를 갈기고, 때려눕히고, 잘근잘근 짓밟는다.[40] 악몽이 따로 없다.

 바깥쪽 패턴은 곰팡이를 연상시키는 꽃문양 아라베스크 무늬[41]이다. 끊기지 않는 줄로 쭉 연결된 독버섯이 끝없는

---

38 normal: '평범한.' 정상과 비정상을 가르는 기준은 무엇인가? 후기구조주의 철학자 미셸 푸코는 이러한 기준이 매우 자의적이고 권력 지향적이라고 지적한 바 있다. 이 작품 역시 독자를 향해 정상과 비정상의 경계에 대해 질문을 던진다.

39 mind: 원래는 마음이라는 뜻이지만, 19세기 소설에 사용된 mind나 soul은 그냥 일반적인 의미의 '사람'으로 해석하면 된다.

40 주인공은 벽지무늬를 자신을 공격하는 사람으로 인식하기 시작한다.

41 아라베스크 무늬: 아라비아풍(風)이라는 뜻으로, 이슬람교 사원의 벽면 장식이나 공예품의 장식에서 볼 수 있는 아라비아 무늬를 일컫는데, 문자·식물·기하학적인 모티프가 어울려서 교차된 곡선 가운데 융합되어가는 환상적인 무늬를 뜻한다.

That is, sometimes!

There is one marked peculiarity about this paper, a thing nobody seems to notice but myself, and that is that it changes as the light changes.

When the sun shoots in through the east window—I always watch for that first long, straight ray—it changes so quickly that I never can quite believe it.

That is why I watch it always.

By moonlight—the moon shines in all night when there is a moon—I wouldn't know it was the same paper.

At night in any kind of light, in twilight, candlelight, lamplight, and worst of all by moonlight, it becomes bars! The outside pattern I mean, and the woman behind it is as plain as can be.

주름 속에서 움 트고 싹 트는 모습을 상상한다면, 벽지 모양과 꽤 비슷할 거다.

말하자면, 그렇게 보일 때도 있단 거다!

이 벽지에는 나 말고 아무도 눈치 채지 못한 특이한 점이 있는데, 그건 바로 빛의 변화에 따라 벽지 무늬도 바뀐다는 것이다.

나는 늘 처음 깃드는 길고 곧은 광선을 기다리는데, 햇빛이 동쪽 창문을 통해 쏟아져 들어오면, 벽지 무늬가 너무도 빨리 바뀌어서 믿을 수가 없을 지경이다.

그래서 난 항상 그걸 주시한다.

달이 뜰 때면 달빛이 밤새도록 스며드는데, 달빛에 비춰보면 같은 벽지인지 모를 지경이다.

밤이 되면 어떤 빛이 비추건, 그게 여명이건, 촛불이건, 등불이건, 가장 끔찍한 달빛이건, 벽지 문양은 철창이 된다! 겉에 드러나는 무늬 말이다. 그리고 그 뒤에 있는 여인은 더 이상 또렷할 수 없을 만큼 또렷해진다.

I didn't realize for a long time what the thing was that showed behind,—that dim sub-pattern,—but now I am quite sure it is a woman.

By daylight she is subdued, quiet. I fancy it is the pattern that keeps her so still. It is so puzzling. It keeps me quiet by the hour.

I lie down ever so much now. John says it is good for me, and to sleep all I can.

Indeed, he started the habit by making me lie down for an hour after each meal. It is a very bad habit, I am convinced, for, you see, I don't sleep.

And that cultivates deceit, for I don't tell them I'm awake,—oh, no!

뒤에 보이는 그 희미한 하부 무늬가 뭔지 난 오랫동안 깨닫지 못했었다. 그런데 이젠 그게 여인이란 걸 분명히 확신한다.

햇빛이 비출 때면 그녀는 조용히 가라앉는다. 그녀를 그렇게 꼼짝 못하게 만드는 건 바로 그 벽지의 문양이라고 난 상상한다. 무늬가 너무도 헷갈리니까. 그 시간엔 나도 조용해진다.[42]

난 요새 그 어떤 때보다도 오래 누워 있다. 그러는 게 나에게 도움이 될 거라고, 그리고 잘 수 있는 한 잠을 많이 자두라고 존은 말한다.

아닌 게 아니라 그는 매번 식사 후 한 시간 동안 날 누워있게 만드는 습관을 들이고 있다. 그건 아주 나쁜 습관이라고 난 확신한다. 보다시피 난 잠을 자는 게 아니니까. 그리고 그건 속임수만 늘게 할 뿐이다. 왜냐하면, 눈만 감고 있을 뿐이란 이야기를 내가 사람들에게 하진 않으니까. 오, 못하지!

---

42 중심인물은 벽지 속 여인과 자신의 행동패턴을 동일시하고 있다.

The fact is, I am getting a little afraid of John. He seems very queer sometimes, and even Jennie has an inexplicable look.

It strikes me occasionally, just as a scientific hypothesis, that perhaps it is the paper!

I have watched John when he did not know I was looking, and come into the room suddenly on the most innocent excuses, and I've caught him several times looking at the paper! And Jennie too. I caught Jennie with her hand on it once.

She didn't know I was in the room, and when I asked her in a quiet, a very quiet voice, with the most restrained manner possible, what she was doing with the paper she turned around as if she had been caught stealing, and looked quite angry—asked me why I should frighten her so!

사실은 존이 점점 두려운 존재가 되어 가고 있다. 그이는 가끔 아주 기묘해 보이는데다, 제니조차도 알 수 없는 표정을 짓는다.

어쩌면 이 모든 게 벽지 탓일지 모른단 생각이 과학의 가설처럼 이따금 스친다.

내가 보고 있단 사실을 인식 못할 때, 존의 모습을 본 적이 있다. 가장 순진한 핑계를 대고 갑자기 방으로 들이닥쳤을 때, '벽지를 바라보고 있는' 그의 모습을 몇 차례나 본 적이 있다! 그리고 제니도. 언젠가는 제니가 벽지 위에 손을 대고 있는 모습을 포착한 적도 있다.[43]

그녀는 내가 방에 들어온 걸 몰랐는데, 내가 조용한, 아주 조용한 목소리로, 그리고 가능한 한 가장 차분한 태도로 지금 벽지 가지고 뭐하는 거냐고 물었을 때, 그녀는 마치 뭔가 훔치다가 걸린 사람처럼 몸을 확 돌리며, 무척 화난 표정으로 왜 그토록 사람을 놀라게 하냐고 되물었다.

---

43 이 대목은 남편 존과 가정부 제니가 자신을 벽지에 감금시키는 일에 가해자로 동참하고 있음을 암시하는 대목이다.

Then she said that the paper stained everything it touched, that she had found yellow smooches on all my clothes and John's, and she wished we would be more careful!

Did not that sound innocent? But I know she was studying that pattern, and I am determined that nobody shall find it out but myself!

Life is very much more exciting now than it used to be. You see I have something more to expect, to look forward to, to watch. I really do eat better, and am more quiet than I was.

John is so pleased to see me improve! He laughed a little the other day, and said I seemed to be flourishing in spite of my wallpaper.

I turned it off with a laugh. I had no intention of telling him it was because of the wallpaper— he would make fun of me. He might even want to

그러고 나서 한다는 말이, 내 옷이고 존의 옷이고 벽지가 닿은 곳이라면 어디든 누런 얼룩이 묻어 있다며 조심 좀 했으면 좋겠다는 것이다.

그 말이 순진무구하게 들리지 않았던가? 하지만 난 그녀가 벽지 무늬를 자세히 살펴보고 있었다는 걸 알고 있다. 그러나 벽지 무늬를 알아낸 사람은 나 말곤 아무도 없도록 하리라.

이제 생활이 예전보다 훨씬 더 흥미진진해졌다. 보다시피 난 기대하고 고대하고 관찰해야 할 것들이 더 많이 생겼으니까. 나는 예전보다 정말 밥도 잘 먹고, 훨씬 더 차분해졌다.

존은 내 상태가 호전된 걸 보며 무척 기뻐한다! 요 전날은 살짝 웃으며, 벽지가 있는데도 불구하고 내가 잘 지내고 있는 것처럼 보인다고도 했다.

난 웃음으로 그 말을 일축했다. 이게 다 벽지 "때문이라고" 그에게 말해 줄 맘이 없었으니까. 그랬다간 그가 날 조롱할 테니까. 심지어 이곳을 떠나있게 하고 싶어 할지도 모를 일이다.

take me away.

I don't want to leave now until I have found it out. There is a week more, and I think that will be enough.

I'm feeling ever so much better! I don't sleep much at night, for it is so interesting to watch developments; but I sleep a good deal in the daytime.

In the daytime it is tiresome and perplexing.

There are always new shoots on the fungus, and new shades of yellow all over it. I cannot keep count of them, though I have tried conscientiously.

It is the strangest yellow, that wallpaper! It makes me think of all the yellow things I ever saw—not beautiful ones like buttercups, but old foul, bad yellow things.

벽지를 완벽하게 파악하기 전까진 이곳을 떠나고 싶지 않아. 일주일이 더 남아 있고, 그거면 충분할 거야.

그 어떤 때보다도 지금 컨디션이 좋아! 밤에 잠을 잘 자지는 못하긴 해. 왜냐하면 벽지 무늬가 어떻게 전개되는지 보는 게 너무 흥미진진해서. 대신 낮에 많이 자두지.

낮에 벽지를 보는 건 피곤하기도 하고 갈피를 잡을 수가 없거든.

벽지 무늬에는 새로운 곰팡이 모양이 항상 퍼져 있고, 새로운 명암의 누런 색채가 그 위를 온통 감싼다. 아무리 정신을 똑바로 차리고 세 보려 해도, 다 셀 수조차 없다.

최악으로 기묘한 누런색이야, 저 벽지! 내가 지금까지 봤던 온갖 누런 물건들을 연상시킨단 말이지. 미나리아재비 같은 예쁜 노랑 말고, 낡고 더럽고 정말 별로인 그런 누런 것들.

But there is something else about that paper—the smell! I noticed it the moment we came into the room, but with so much air and sun it was not bad. Now we have had a week of fog and rain, and whether the windows are open or not, the smell is here.

It creeps all over the house.

I find it hovering in the dining-room, skulking in the parlor, hiding in the hall, lying in wait for me on the stairs.

It gets into my hair.

Even when I go to ride, if I turn my head suddenly and surprise it—there is that smell!

Such a peculiar odor, too! I have spent hours in trying to analyze it, to find what it smelled like.

It is not bad—at first, and very gentle, but quite the subtlest, most enduring odor I ever met.

그런데 벽지에는 또 다른 뭔가가 있었다. 바로 냄새였다! 우리가 방에 들어간 순간 난 그걸 알아챘지만, 통풍과 채광이 넉넉해서 그닥 고약하지는 않았다. 그런데 일주일 내내 비가 오고 안개가 끼더니, 이젠 창문을 열건 닫건 상관없이 항상 냄새가 풍긴다.

냄새는 집 전체에 온통 스며들어 있다.

냄새는 주방에 맴돌고, 응접실에 잠입하고, 복도에 숨어 있다가, 계단에 잠복해 나를 기다린다.

냄새는 내 머리칼에도 배어든다.

마차 타러 갈 때도, 갑자기 고개를 돌려서 깜짝 놀라게[44] 하면, 그 냄새가 풍긴다!

너무나 독특한 악취이기도 해! 난 그 냄새가 도대체 무슨 냄새랑 비슷한지 알아내려고 몇 시간이고 애써보았다.

냄새는 처음부터 악취는 아니다. 처음에는 매우 순하지만, 지금까지 맡아본 냄새 중에 가장 오래가는 미묘한 냄새다.

---

44 "surprise it": 여기서 'it'은 '냄새'를 지칭한다. 주인공은 "냄새를 깜짝 놀라게 한다"고 표현함으로써, 벽지의 문양, 색깔, 냄새 등을 당대 감금된 여성의 모습으로 의인화하고 있다.

In this damp weather it is awful. I wake up in the night and find it hanging over me.

It used to disturb me at first. I thought seriously of burning the house—to reach the smell.

But now I am used to it. The only thing I can think of that it is like is the color of the paper! A yellow smell.

There is a very funny mark on this wall, low down, near the mopboard. A streak that runs round the room. It goes behind every piece of furniture, except the bed, a long, straight, even smooch, as if it had been rubbed over and over.

I wonder how it was done and who did it, and what they did it for. Round and round and round—round and round and round—it makes me dizzy!

이렇게 습한 날씨엔 정말이지 지독하다. 밤에 깨면 냄새가 내 위를 감돌고 있는 게 보일 지경이다.[45]

처음에는 냄새가 무척 신경이 쓰였다. 냄새를 잡아내려고 집에 불을 지를까도 진지하게 고민한 적이 있을 정도로 말이다.

그러나 이젠 익숙해졌다. 지금 드는 유일한 생각은 냄새가 꼭 벽지의 '색'을 닮았다는 것이다! 누런 냄새.

벽의 저 아래 몰딩[46] 근처에는 아주 이상한 흔적이 하나 있다. 방을 빙 둘러 난 긴 줄 말이다. 이 흔적은 침대를 제외한 모든 가구 뒤로 이어진다. 길고 곧은 줄 모양은 반복적으로 비벼댄 듯 얼룩덜룩 뭉개지기도 했다.

나는 그게 어떻게 된 일이고, 누가 한 일이고, 무얼 위해 그랬는지 궁금하다. 빙글 빙글 빙글 빙글 빙글 빙글. 어지러워!

---

45 "hang over": 주로 '숙취'를 뜻하는 표현으로 쓰이지만, 여기서는 '감돌다'라는 본연의 의미로 보는 것이 좋겠다. 여기서도 주인공은 냄새를 눈에 보이는 어떤 존재로 가시화하고 있다.

46 "mopboard": '굽도리널'은 방 안 벽의 밑 부분에 대는 좁은 널빤지를 의미하는데, 벽과 바닥이 만나는 지점에 두르는 몰딩을 생각하면 될 듯하다.

I really have discovered something at last.

Through watching so much at night, when it changes so, I have finally found out.

The front pattern does move—and no wonder! The woman behind shakes it!

Sometimes I think there are a great many women behind, and sometimes only one, and she crawls around fast, and her crawling shakes it all over.

Then in the very bright spots she keeps still, and in the very shady spots she just takes hold of the bars and shakes them hard.

And she is all the time trying to climb through. But nobody could climb through that pattern— it strangles so; I think that is why it has so many heads.

They get through, and then the pattern strangles them off and turns them upside-down, and makes

드디어 난 뭔가를 발견해냈다.

벽지무늬가 변하는 밤마다 열심히 살펴본 결과 드디어 난 알아내고야 만 것이다.

겉으로 드러나는 문양이 움직이는 것이다. 그런데 그건 놀랄 것도 없다! 그 뒤에 있는 여인이 그걸 흔들고 있으니 말이다!

때로는 뒤에 굉장히 많은 여인이 있는 것 같기도 하고, 또 때로는 한 명만 있는 것 같기도 하다. 그녀는 여기저기 잽싸게 기어 다니며, 온통 뒤흔든다.

그러다 아주 밝은 지점에 오면 그녀는 꼼짝 않고 가만히 있고, 아주 그늘진 지점에 오면 철창을 붙잡고 세차게 흔든다.

그리고 그녀는 밤낮으로 철창을 통과하려고 애쓴다. 그러나 어느 누구도 그 무늬를 통과할 수는 없는 노릇이다. 그토록 무늬가 목을 졸라오니. 내 생각엔 그래서 그렇게도 머리가 많이 걸려 있는 것 같다.

여인들이 철창을 통과해도, 무늬가 이내 그들의 목을 조르고, 거꾸로 뒤집어 눈에 흰자위만 보이게 만든다!

their eyes white!

If those heads were covered or taken off it would not be half so bad.

I think that woman gets out in the daytime!

And I'll tell you why—privately—I've seen her!

I can see her out of every one of my windows!

It is the same woman, I know, for she is always creeping, and most women do not creep by daylight.

I see her on that long shaded lane, creeping up and down. I see her in those dark grape arbors, creeping all around the garden.

I see her on that long road under the trees, creeping along, and when a carriage comes she hides under the blackberry vines.

I don't blame her a bit. It must be very humiliating to be caught creeping by daylight!

잘린 머리들을 좀 덮어두거나 치웠더라면, 벽지가 덜 끔찍했을 텐데.

내 생각에 여인은 낮엔 밖으로 나오는 것 같다!

당신에게만 은밀하게 이유를 말해줄게. 내가 그녀를 봤거든!

모든 창문 밖으로 그녀의 모습이 보인다!

그게 같은 여인이란 걸 난 안다. 왜냐하면 그녀는 늘 기어 다니니까. 그리고 보통 여인들이 낮에 기어 다니지는 않으니까.

그늘진 긴 오솔길에서 위로 아래로 기어 다니는 그녀의 모습이 보인다. 어두운 포도 넝쿨 정자에서도 정원 여기저기를 기어 다니는 그녀의 모습이 보인다.

나무 아래 길게 이어진 길을 따라 그녀가 기어 다니는 모습이 보인다. 그런데 마차가 오자 그녀는 블랙베리 넝쿨 아래 숨는다.

그녀를 비난할 마음은 조금도 없다. 대낮에 기어 다니는 모습이 발각되는 건 너무나 굴욕적인 일일 테니.

I always lock the door when I creep by daylight. I can't do it at night, for I know John would suspect something at once.

And John is so queer now, that I don't want to irritate him. I wish he would take another room! Besides, I don't want anybody to get that woman out at night but myself.

I often wonder if I could see her out of all the windows at once. But, turn as fast as I can, I can only see out of one at one time.

And though I always see her she may be able to creep faster than I can turn!

I have watched her sometimes away off in the open country, creeping as fast as a cloud shadow in a high wind.

If only that top pattern could be gotten off from the under one! I mean to try it, little by little.

내가 대낮에 기어 다닐 때 난 항상 문을 걸어 잠근다.[47] 밤에는 그럴 수 없다. 왜냐하면 존이 단박에 의심할 테니.

이제 존은 좀 이상해져서, 그를 자극하고 싶지 않다. 제발 방을 따로 썼으면 좋겠다! 게다가, 나 말곤 그 어느 누구도 그 여인을 밤에 벽지 밖으로 불러내지 않았으면 좋겠다.

그녀의 모습을 모든 창문 밖으로 동시에 볼 수 있지 않을까 난 종종 궁금해진다. 하지만 아무리 빨리 고개를 돌린다 해도, 한 번에 창문 하나씩밖에 볼 수가 없다.

또한 내가 그녀에게서 눈을 떼지 않는다고 해도, 내가 고개를 돌리는 속도보다 더 빨리 그녀는 길 수 있는 것으로 보인다!

때론 바람이 휘몰아칠 때 구름 그림자처럼 빠른 속도로 광활한 들판을 기어 다니는 그녀의 모습을 본 적도 있다.

겉 무늬를 아래 무늬로부터 벗겨낼 수만 있다면! 난 조금씩 시도해 보려 한다.

47　이 지점에서 주인공은 벽지 안의 여인이 다름 아닌 자기 자신이었음을 고백한다.

83

I have found out another funny thing, but I shan't tell it this time! It does not do to trust people too much.

There are only two more days to get this paper off, and I believe John is beginning to notice. I don't like the look in his eyes.

And I heard him ask Jennie a lot of professional questions about me. She had a very good report to give.

She said I slept a good deal in the daytime. John knows I don't sleep very well at night, for all I'm so quiet! He asked me all sorts of questions, too, and pretended to be very loving and kind. As if I couldn't see through him!

Still, I don't wonder he acts so, sleeping under this paper for three months.

It only interests me, but I feel sure John and

흥미로운 점을 하나 더 발견했지만, 지금 그걸 얘기하지는 않을 생각이다! 사람들을 너무 믿으면 안 되니까.

벽지를 떼어낼 수 있는 시간이 고작 이틀 밖에 남지 않았다. 그런데 존이 이미 눈치를 채기 시작한 것 같다. 그의 눈빛에 어린 표정이 맘에 들지 않는다.

그리고 난 그가 제니에게 나에 관한 전문적인 질문들을 퍼붓는 소리를 들었다. 그녀는 꽤 상세하게 보고했다.

내가 낮에 잠을 많이 잔다고 그녀는 말했다. 내가 밤엔 잘 못 잔다는 걸 존은 알고 있다. 내가 아무리 입을 꾹 다물고 있어도 말이다!

그는 내게도 온갖 질문들을 물으며, 아주 다정하고 자상한 남편인 척[48] 했다. 마치 내가 그의 속내를 꿰뚫어보지 못하기라도 한 듯!

그러나 이 벽지와 더불어 석 달이나 지냈기에 그가 그렇게 행동하는 것도 무리는 아니란 걸 난 안다.

벽지가 내겐 흥미의 대상에 불과했지만, 존과 제니는 벽지로부터 은밀한 영향을 받았음에 분명하다.

---

48 남편에 대한 표현이 확연하게 달라지고 있다.

Jennie are secretly affected by it.

Hurrah! This is the last day, but it is enough. John is to stay in town over night, and won't be out until this evening.

Jennie wanted to sleep with me—the sly thing! but I told her I should undoubtedly rest better for a night all alone.

That was clever, for really I wasn't alone a bit! As soon as it was moonlight, and that poor thing began to crawl and shake the pattern, I got up and ran to help her.

I pulled and she shook, I shook and she pulled, and before morning we had peeled off yards of that paper. A strip about as high as my head and half around the room.

And then when the sun came and that awful pattern began to laugh at me I declared I would

야호! 오늘이 마지막 날이지만, 시간은 충분하다. 존은 밤새껏 읍내에 머물기로 되어 있고, 오늘 저녁이나 돼야 돌아올 예정이니까.

제니는 나와 함께 자고 싶어 했다. 교활한 것 같으니라구! 나는 확실히 푹 쉬려면 혼자 자야한다고 그녀에게 말했다.

꽤 영리하게 대처한 셈이다. 왜냐면 사실 난 전혀 혼자가 아니었으니까! 달빛이 비추고 그 불쌍한 것이 기어다니며 무늬를 뒤흔들기 시작하면, 난 벌떡 일어나 그녀를 도우려 달려갔으니까.

내가 당기면 그녀가 흔들고, 내가 흔들면 그녀가 당기고, 그렇게 아침이 밝기 전에 우리는 벽지를 몇 야드씩이나 벗겨내었다. 찢긴 벽지 조각은 내 머리가 닿을 만큼의 높이였고 방 둘레의 절반을 차지했다.

그러고 나서 해가 뜨고 그 끔찍한 무늬가 나를 비웃기 시작했을 때, 난 오늘 끝장을 보겠노라 선언했다.

finish it to-day!

We go away to-morrow, and they are moving all my furniture down again to leave things as they were before.

Jennie looked at the wall in amazement, but I told her merrily that I did it out of pure spite at the vicious thing.

She laughed and said she wouldn't mind doing it herself, but I must not get tired. How she betrayed herself that time!

But I am here, and no person touches this paper but me—not alive!

She tried to get me out of the room—it was too patent! But I said it was so quiet and empty and clean now that I believed I would lie down again and sleep all I could; and not to wake me even for dinner—I would call when I woke.

내일이면 우리는 떠난다. 지금은 나의 가구를 모두 옮기고 있는 중이다. 방 안에 있는 모든 것은 이전 상태로 되돌아갈 것이다.

제니는 경악한 채 벽지를 바라보았지만, 난 그 못된 벽지를 혼내주기 위한 순수한 마음에서 그리 했노라고 그녀에게 명랑하게 말했다.

그녀는 웃으며 말하기를, 그녀라면 그런 일을 해도 상관없겠지만, 나는 피곤해지면 안 된다나 어쩐다나. 바로 그때 그녀가 어찌나 본색을 제대로 드러냈던 것이지!

어쨌건 지금 난 여기 있고, 나를 제외하면 이 벽지를 만질 수 있는 사람은 아무도 없어. 산 사람 중에선 아무도!

제니는 나를 방 밖으로 나오게 하려고 애썼지. 그건 너무 속보이는 짓이었어! 그래서 내가 그렇게 말했지, 집이 이제 너무나 조용하고 텅 비어 깨끗해졌으니 누워서 실컷 잠을 잘 수 있을 것 같다고. 그러니 밥 먹으라고 깨우지도 말라고. 잠에서 깨면 내가 부르겠노라고.

So now she is gone, and the servants are gone, and the things are gone, and there is nothing left but that great bedstead nailed down, with the canvas mattress we found on it.

We shall sleep downstairs to-night, and take the boat home to-morrow.

I quite enjoy the room, now it is bare again. How those children did tear about here! This bedstead is fairly gnawed!

But I must get to work.

I have locked the door and thrown the key down into the front path. I don't want to go out, and I don't want to have anybody come in, till John comes.

I want to astonish him.

I've got a rope up here that even Jennie did not find. If that woman does get out, and tries to get

그래서 이제 그녀는 가버리고, 하인들도 가버리고, 물건들도 사라지고, 캔버스 천으로 된 매트리스와 바닥에 못질로 고정시킨 거대한 침대 프레임만 남았다.

　오늘 밤 우리는 아래층에서 잠을 자고, 내일 배를 타고 집으로 돌아가기로 되어 있다.

　이제 다시 텅 비어버린 이 방이 꽤 마음에 든다. 여기 살던 아이들이 벽지를 여기 저기 어찌나 뜯어냈는지! 이 침대 프레임은 이로 엄청 갉아났구나!

　그런데도 난 일을 시작해야 해.

　나는 문을 걸어 잠그고 열쇠를 앞길에 던져버렸다. 존이 올 때까지 난 밖에 나가고 싶지도, 어느 누구도 안으로 들이고 싶지도 않다.

　난 그를 깜짝 놀라게 하고 싶다.

　제니조차 모르게 갖고 올라 온 밧줄이 내게 있다. 벽지 속 여인이 밖으로 나와 달아나려고 하면, 그녀를 묶을 수 있어!

away, I can tie her!

But I forgot I could not reach far without anything to stand on! This bed will not move!

I tried to lift and push it until I was lame, and then I got so angry I bit off a little piece at one corner—but it hurt my teeth.

Then I peeled off all the paper I could reach standing on the floor. It sticks horribly and the pattern just enjoys it! All those strangled heads and bulbous eyes and waddling fungus growths just shriek with derision!

I am getting angry enough to do something desperate. To jump out of the window would be admirable exercise, but the bars are too strong even to try.

Besides I wouldn't do it. Of course not. I know well enough that a step like that is improper and

그런데 딛고 올라갈 게 아무것도 없으면 멀리까지 손이 닿을 수 없다는 걸 난 잊고 있었다. 이 침대는 꿈쩍도 하지 않아!

나는 절름발이가 될 때까지 침대를 들어 올리고 밀어보려 애썼지만, 결국 너무 화가 나서 모서리 한 쪽을 살짝 물어뜯었다.[49] 그러나 결국 내 이만 아팠다.

그런 다음 난 바닥에 서서 손에 닿는 높이의 벽지란 벽지는 몽땅 뜯어냈다. 벽지는 지독하게 끈적끈적 들러붙었고, 무늬는 마냥 즐거워했다! 목 졸린 머리, 불룩한 눈, 비척비척 퍼져나가는 곰팡이 무늬는 조롱의 비명을 질렀다!

난 너무나 화가 나서 발악이라도 하고 싶었다.[50] 창문에서 뛰어내리는 건 우러러볼만한 행위겠지만, 철창이 너무 견고해서 시도조차 허락하지 않는다.

게다가 난 그렇게 할 생각조차 없다. 진짜 아니다. 그런 행동은 부적절할 뿐더러 오해까지 살 수 있단 걸 난 익히

---

49 이 대목에서 침대 프레임을 물어뜯은 아이들에 대한 앞선 언급이 다시 상기된다. 결국 여인은 스스로를 벽지 안의 여인, 그리고 이 방을 썼던 이전의 아이들과 동일시하고 있다.

50 갈수록 표현이 적나라해지며 속생각이 드러난다.

might be misconstrued.

I don't like to look out of the windows even—there are so many of those creeping women, and they creep so fast. I wonder if they all come out of that wallpaper as I did? But I am securely fastened now by my well-hidden rope—you don't get me out in the road there!

I suppose I shall have to get back behind the pattern when it comes night, and that is hard! It is so pleasant to be out in this great room and creep around as I please!

I don't want to go outside. I won't, even if Jennie asks me to.

For outside you have to creep on the ground, and everything is green instead of yellow.

But here I can creep smoothly on the floor, and my shoulder just fits in that long smooch around

알고 있다.

난 창 밖을 '내다보는' 것 자체도 싫다. 기어 다니는 여성들, 게다가 엄청 빨리 기어 다니는 여성들이 너무 많아서. 이 여인들도 모두 나처럼 벽지에서 나왔는지 궁금해진다. 하지만 난 잘 숨겨놓은 밧줄로 단단히 고정되어 있어서, 아무도 저 길 밖으로 '날' 끌어낼 수 없다.[51]

밤이 오면 저 벽지 무늬 뒤로 다시 돌아가야만 할 거 같은데, 그건 어려운 일이야! 이 큰 방에서 원하는 만큼 실컷 기어서 돌아다닐 수 있다는 건 너무 즐거운 일이야!

나는 바깥에 나가고 싶지는 않아. 제니가 그러라고 해도 난 그러지 않을 생각이야.

왜냐면 바깥에선 땅으로 기어야 하고 거긴 모든 게 누런색이 아니라 녹색이거든.

그런데 여기선 바닥으로 부드럽게 기어 다닐 수 있고, 어깨가 벽 둘레에 난 긴 얼룩에 딱 맞아서 길을 잃을 라야 잃을 수도 없지.

---

51 이 단락은 당대 여성의 처지에 관한 작가의 생각을 상징적이지만 강렬하게 드러내고 있다.

the wall, so I cannot lose my way.

Why, there's John at the door!

It is no use, young man, you can't open it!

How he does call and pound!

Now he's crying for an axe.

It would be a shame to break down that beautiful door!

"John dear!" said I in the gentlest voice, "the key is down by the front steps, under a plantain leaf!"

That silenced him for a few moments. Then he said—very quietly indeed.

"Open the door, my darling!"

"I can't," said I. "The key is down by the front door under a plantain leaf!"

And then I said it again, several times, very gently and slowly, and said it so often that he had to go and see, and he got it, of course, and came

어머, 존이 문 밖에 와 있어!

어이 총각, 소용없어, 안 열린다고!

그가 어찌나 소리치고 쿵쿵대던지!

이제 그는 도끼를 갖다 달라고 소리치고 있어.

저렇게 예쁜 문을 부숴버린다면 정말 유감스러울 텐데!

"여보, 존!"

난 최대한 부드러운 목소리로 말했지.

"열쇠는 바나나[52] 잎사귀 아래 현관계단 근처에 있어요!"

그 말이 그를 잠시나마 조용히 있게 만들었다. 그러나 이내 그는 정말이지 아주 차분한 목소리로 말했다.

"여보, 문 좀 열어!"

"열 수가 없어요." 하고 나는 말했다. "열쇠는 바나나 잎사귀 아래 현관문 옆에 있다니까요!"

그러고 나서도 나는 똑같은 말을 아주 부드럽고 느리게 몇 번이고 반복했다. 내가 그렇게 반복해서 말한 이유는 그로 하여금 가서 찾아보라는 거였고, 그는 물론 열쇠를 찾아서 안으로 들어왔다. 그는 갑자기 문가에 멈춰 섰다.

---

52 plantain : 채소처럼 요리해서 먹는, 바나나 비슷한 열매.

in. He stopped short by the door.

"What is the matter?" he cried.

"For God's sake, what are you doing!"

I kept on creeping just the same, but I looked at him over my shoulder.

"I've got out at last," said I, "in spite of you and Jennie! And I've pulled off most of the paper, so you can't put me back!"

Now why should that man have fainted? But he did, and right across my path by the wall, so that I had to creep over him every time!

"왜 그래?" 하고 그는 소리쳤다.

"세상에, 당신 뭐하고 있냐고!"

난 전처럼 계속 기어 다니며, 어깨 너머로 그를 보았다.

"당신과 제인[53]이 아무리 막아도 난 드디어 탈출했어요. 이제 벽지도 거의 다 뜯어내서, 날 다시 가둘 수 없을 거야."

그런데 이 남자 뭘 기절까지 한 거야? 어쨌든 그는 기절했다. 그것도 벽으로 난 나의 길을 가로막으며. 그래서 난 매번[54] 그의 몸을 넘어서 기어가야만 했다!

---

53 Jane: 가정부 제니를 뜻할 수도 있지만, 만약 이 소설 속 주인공 여성을 『제인 에어』에 나오는 미치광이 본처로 간주하여 다락방에 가둔 버사로 본다면, 여기서 '제인'은 버사의 남편 로체스터와 결혼을 약속한 '제인 에어'로 읽을 수 있다.

54 every time: 주인공이 기절한 남편 존의 몸을 넘어서 반복적으로 벽 주위를 기어 다니고 있음을 의미한다.

저자 소개

샬롯 퍼킨스 길먼(Charlotte Perkins Gilman, 1860-1935)은 1860년 커네티컷의 하트포드에서 태어났다. 유명한 신학자인 라이먼 비쳐의 후손이지만, 어린 시절 가난과 잦은 이사로 고생을 했다. 아버지인 프레드릭 퍼킨스는 그녀가 태어나고 얼마 안 되어 가정을 떠나, 그녀와 어머니인 메리 웨스코트는 경제적인 어려움을 겪었다. 1884년 찰스 스테트슨과 결혼하여 딸을 출산하였으나, 심한 우울증으로 곧 이혼하고 캘리포니아로 이주하여 강사와 작가로 활동하였다. 이후 1900년 조지 길먼과 재혼하였다.

샬롯 길먼은 자신이 남긴 명언 "인생은 동사이다"(Life is a verb)라는 말처럼 활동의 연속으로서의 열정적인 삶을 살았다. 그녀는 찰스 다윈의 진화론과 사회 진화론에 공감하였고, 동시에 여성이 하나의 집단으로서 사회를 재조직하는 힘으로 기능할 수 있다고 믿었으며, 여성이 사회를 더욱 인간적이게 만드는 투쟁을 주도함으로써 '인간적인 사회,' 즉 '보살핌과 생기로 가득한 사회'를 형성할 수 있다고 보았다. 이러한 생각을 담은 다양한 글을 발표하고 강의 활동을 하였으며, 이는 이후 페미니즘으로 발전되었다.

1898년 『여성과 경제학』을 출간하면서 생계를 유지하는 수단이 인간의 삶에 가장 큰 영향을 미친다는 정통파 경제학적인 관점을 제시하였으며, 다른 동물과 달리 인간은 여성이 자신의 생계를 남성에게 의존한다고 지적하였다. 다른 저서로는 『아이들에 관하여』(1900), 『가정』(1903), 『남성에 의한 세상 혹은 남성중심주의적 문화』(1911), 『그의 종교와 그녀의 종교』(1923) 등이 있다.

소설 「누런 벽지」에는 길먼의 이러한 페미니즘 색채가 잘 스며들어 있다. 이 소설이 출판된 지 22년 후인 1913년 길먼은 자신이 운영하는 페미니스트 잡지인 『선구자』(The Forerunner)에서 「왜 나는 「누런 벽지」를 썼는가?」라는 글을 기고했다. 이 글에서 길먼은 자신이 심각한 우울증을 겪은 바 있으며 「누런 벽지」는 이러한 자신의 경험에 토대를 두고 쓴 소설임을 고백한다. 길먼은 출산 후 심한 산후우울증을 겪었는데, 당시 저명한 정신과 의사인 위어 미첼(Weir Mitchell) 박사의 치료를 받게 되었다. 여성에게 '집안의 천사'(angel in the house)라는 이상적인 여성상을 엄격하게 강요했던 빅토리아 시대에는 신경증 환자 가운데 여성이 압도적으로 많았다고 한다. 이러한 여성 환자들을 주로 치료했던 미첼 박사는 '휴식 치료법'(rest cure)을 사용하였다. 이 치료법은 환자를 종일 침대에 누워 쉬게 하고, 방문객을 맞이하거나 독서 같은 지적인 활동을 금지시켰다. 대신 영양이 풍부한 식사로 몸무게를 늘리며 전통적인 아내와 어머니의 역할에만 충실하도록 하였다. 처음 길먼은 이 처방을 따랐지만, 정신적 고뇌와 고통이 가중되어 미첼의 처방에 더 이상 의존하지 않고, 지적인 일에 전념하게 되었다. 그러자 오히려 자신의 병이 나았고 이를 계기로 쓴 작품이 바로 「누런 벽지」이다.

벽지라 쓰고 텍스트라 읽는다

김경숙 (안양대학교 영미언어문화전공 교수)

여성학의 선구자인 메리 울스톤크래프트는 "이 세계는 거대한 감옥이 아닌가! 그리고 여성들이 노예로 태어날 수밖에 없는 곳이 아닌가!"라고 말한 바 있다. 소설 「누런 벽지」는 바로 이러한 감옥 속에 감금된 채 자유 의지를 포박당한 여성에 관한 이야기이다. 겉으로 보기에 매우 기괴하고 기묘한 정신이상자의 독백처럼 보이지만, 그녀의 혼잣말은 그로테스크한 텍스트 너머 당대 사회 폐부 깊숙이 날카로운 비수를 찔러 넣는다.

「누런 벽지」를 포함하여 19세기 여성문학을 분석한 이론서 가운데 샌드라 길버트와 수잔 구바의 『다락방 안의 미친 여자』라는 책이 있다. 페미니즘문학 분야에서 거의 바이블로 손꼽히는 이 책은 온통 남탕인 문학계에서 여성작가가 생존할 수 있었던 방식에 대하여 냉철하게 분석한다.

제목 속 '다락방 미친 여자'는 물론 샬롯 브론테의 『제인 에어』의 또 다른 여성인물 '버사'를 가리킨다. 표면상으로 한 고아소녀의 성장소설인 『제인 에어』에서 버사는 기껏해야 제인과 로체스터의 결혼을 방해하는 걸림돌 정도의 역할이 부여될 뿐이다. 오히려 로체스터는 미치광이 아내를 버리지 않고 끝까지 보살피고, 아내가 지른 불에 쏜필드 대저택이 타들어갈 때 아내를 구하려다 불구가 되는 휴머니스트로 미화되기 일쑤다.

그러나 자메이카의 갑부딸로 부족함 없이 살았던 버사의 입장에서 본다면 이보다 억울한 일이 없다. 차남으로 태어나 한 푼의 유산도 물려받을 수 없었던 로체스터는 어마어마한 액수의 결혼지참금에 눈이 멀어 자메이카까지 건너가 결혼을 서두르고, 이 결혼지참금으로 호화스런 귀족생활을 영위한다. 그러나 그는 금세 변심하여 술을 마시고 정숙하지 못하다는 핑계를 들어 버사를 다락방에 가둬 버린다. 그 누구라도 외출이 금지된 채 좁은 공간에 감금된다면 미치광이가 되는 건 시간문제 아닐까?

단편 「누런 벽지」는 위와 같은 맥락에서 읽을 필요가 있다. 산후우울증 치료를 핑계로 산골짜기 대저택에 감금된 여인의 입장에서 쓰인 이 작품은 마치 『제인 에어』의 버사의 일기장이라 해도 무방할 만큼 감금된 자의 심리상태가 고스란히 느껴진다. 외출이 금지된 채 방 안에 감금된 주인공 여인은 하루 종일 벽지를 뚫어져라 응시하다 벽지 무늬 뒤에 갇힌 여인의 환영을 보게 된다. 벽지가 일종의 거울 기능을 한다고 볼 때, 벽지 무늬 뒤에 갇힌 여성의 모습은 결국 방에 감금된 여인의 자화상에 다름 아니다.

조금 더 큰 틀에서 작품을 살펴보자. 텍스트에서 자주 언급되는 해와 달의 대조, 빛과 어둠의 대조는 서구의 이성중심주의가 근간으로 하는 이항대립과 일맥상통한다. 빛/어둠, 해/달, 이성/광기, 남성/여성, 백인/흑인, 선/악 등의 이항대립은 복잡다단한 세상을 일목요연하게 정리하고자 하는 독단적 사고방식의 결과이다. 그러나 이보다 심각한 문제는 바(/)를 기준으로 왼쪽에 있는 항목들은 항상 긍정적이고 우월한 것으로, 오른쪽에 있는 항목들은 항상 부정적이고 열등한 것으로 간주된다는 사실이다. 여성은 남성에 비해, 유색인종은 백인에 비해 열등한 존재로 간주되어 온갖 부정적인 개념들을 온 몸으로 떠안게 된 것이다. 그리고 두 항목 사이에 금을 긋는 바(/)는 두 항목이 섞이지 않도록, 마치 벽지 바깥으로 나오지 못하도록 하는 철창 무늬와 같은 역할을 한다.

결국 소설 속 여인은 남편을 기절시키고 남편의 몸을 넘어 방 안 벽을 기어 다닌다. 해석의 여지는 다양하겠으나, 이러한 결말을 단순하게 광기의 발현으로 보아야 할까? 오히려 남편과 남성중심주의 사회가 강요한 감금상태로부터 해방된 모습으로 읽을 순 없을까? 특히 이 텍스트로 인하여 많은 여성들에게 문제의식을 심어주고 사회로 하여금 여성문제에 대해 재고하도록 만드는 계기가 될 수 있으므로, 텍스트의 존재 자체는 성공으로 볼 수 있겠다.

　작품 속 주인공 여성이 남편 몰래 쓰는 일기가 갖는 의미 역시 결코 작지 않다. 그녀에게 있어 글쓰기는 가부장적인 남편의 권위에 저항하며 자신의 욕망을 표현하는 유일한 창구가 된다.

　마지막으로 주인공 여성이 벽지를 '읽는' 행위가

갖는 의미에 대해 언급하고자 한다. 주인공 여성은 벽지를 그저 벽지 자체로 보지 않고, 그 이면에 갇혀 있는 또 다른 여인의 모습을 '읽어 낸다.' 종이가 발명되기 이전 종이 역할을 했던 것이 바로 짐승의 가죽으로 만든 양피지였다. 양피지는 워낙 귀했기 때문에 한 번 쓰고 버리는 것이 아니라, 한 번 쓴 후 지우고 다시 쓰고 또 다시 쓰는 행위를 반복하였는데, 완벽하게 지우는 것이 불가능했기에 이전에 쓰인 텍스트의 흔적이 어른거릴 수밖에 없다. 따라서 여러 층위의 이야기가 공존하는 것이 양피지의 특징이다.

표면에 나타나는 메인 텍스트 이면에 숨겨진 하부 텍스트를 읽어내는 것은, 마치 사회 속에서 힘을 쥔 지배계층의 목소리에 가려서 자신의 목소리를 내지 못하는 하층민의 목소리를 듣는 것과도 일맥상통한다. 주인공 여성처럼 우리도 저항적인

독자가 되어 텍스트가 강요하는 이야기가 아닌,
텍스트의 결을 거슬러 그 이면에 숨겨진 이야기를
읽어내야 하지 않을까?

누런벽지

초판 1쇄   2020년 12월 4일

저자   샬롯 퍼킨스 길먼
역자   김경숙
발행인   최지윤
제작   현문자현
서점관리   하늘유통
ISBN   979-11-88579-58-7

발행처   시커뮤니케이션
출판등록   2014년 10월 23일 제 2019-000012호
전화   031)871-7321
팩스   0303)3443-7321
전자우편   seenstory@naver.com